Este soy yo

Dona Herweck Rice

Asesor

Timothy Rasinski, Ph.D.
Kent State University

Créditos

Dona Herweck Rice, *Gerente de redacción*

Robin Erickson, *Directora de diseño y producción*

Lee Aucoin, *Directora creativa*

Conni Medina, M.A.Ed., *Directora editorial*

Rosie Orozco-Robles, *Editora asociada de educación*

Don Tran, *Diseñador*

Stephanie Reid, *Editora de fotos*

Rachelle Cracchiolo, M.S.Ed., *Editora comercial*

Basado en los escritos de *TIME For Kids*.

TIME For Kids y el logotipo *TIME For Kids* son marcas registradas de TIME Inc.
Usado bajo licencia.

Teacher Created Materials

5301 Oceanus Drive
Huntington Beach, CA 92649-1030
http://www.tcmpub.com

ISBN 978-1-4333-4407-7

© 2012 Teacher Created Materials, Inc.
BP 5028

Este soy yo.

Esta es mi
hermana.

Esta es mi familia.

Esta es mi casa.

Este es mi perro.

Esta es mi bicicleta.

Esta es mi escuela.

Esta es mi ciudad.

Este es mi mundo.

Palabras para aprender

bicicleta	familia
casa	hermana
ciudad	mi
es	mundo
escuela	perro
esta	soy
este	yo